高橋睦郎

TAKAHASHI MUTSUO

歌集

狂はば如何に

QUID SI INSANIO

角川書店

古印章〈杖つくエロス〉導きに老坂上る否ひた下る

狂はば如何に　目次

装幀　原研哉＋梶原恵

歌集　狂はば如何に

高橋睦郎

狂はば如何に

あかねさすわが血辿るも源平も藤橘も無しただに草莽

草莽といへば草莽の志そも非ず代《よ》代《よ》暗愚貧寒

あしひきの山田の狹《さ》田《だ》を這ふ一生《ひとよ》重ねてぞ裔《すゑ》わが狹額《せまびたひ》

狹額《せまびたひ》金壺眼《かなつぼまなこ》へなり口《ぐち》鰓張《えらばり》顎《あご》のうたびとわれは

山《やま》田《だ》男《を》の濁り血《ぢ》に何時《いつ》歌ごころそそぎ入りしかこれぞ神妙《しんべう》

小山田《をやまだ》にそそぐ山水清《す》み浄みかの詩心《ポエジイ》に通ふと言はめや

詩人《うたびと》を生むや必ず水浄きところと聞けりわがこととなく

七十《ななそ》とせ前この國の水浄くあらざるところ在りやいづちに

七十とせ前を思へば詩人を生まぬふるさといづちも無けむ

現《うつつ》しき現在《いま》如何ならむ詩人を生む水浄き地《つち》ぞ絶滅

のちの日の詩人の若き父母ぞ立つやコンビニの水買ふ列に

コンビニの水に育たむ新《あらた》しき詩《うた》けだしくはペットボトル臭

我は我殆《ほとほ》と知らずたとへばこの後ろ頭《づ》も背もまさでには見ず

日日に見る鏡の中の我はこれまことの我に非ず何者?

この肉體《からだ》いづちゆか來しそここの微塵集まり成りし虚器《うつは》か

偶《たまたま》に成りし肉體《からだ》に入り棲みし靈魂《たましひ》てふも微塵集成

偶體に棲まふ偶魂彼もなほ生きてしあれば狂ふことあり

鞭打たるる駑馬に號泣街上《がいしやう》に狂を發せりフリドリヒ・ニイチェ

鞭打たるる駑馬やあるいは poésie の世紀末的假現なりけむ

狂はざる時の諸作にいや勝る深き詩として狂へるニイチェ

ゲルマンの黑深き森しばしばも狂氣　否とよ正氣の詩產む

ヘルダアリン　ニイチェ　トラアクル　ぬばたまの黒深森が三愛兒《みたりめぐしご》

ゲエテ狂はず『ファウスト』を成しリルケまた狂はず『ドゥイノの悲歌』を遺せる

『ドゥイノの悲歌』成ししリルケに殘りしは荒淫の果て壞死《えし》の慘憺

荒淫か法悦か盲森侍者《まうしんじしや》の陰《ほと》に執《しふ》する耄耆《ばうき》一休

佛界を捨て魔界にぞ分け入るや　狂雲子《きやううんし》一休彼ぞ眞詩家《うたびと》

「肉體は靈魂の獄　狂すとも破獄せよ」然《しか》古き智慧告《の》る

わが靈魂この肉體に獄せられ七十餘年いまだ狂はず
七十餘年狂はず在るは現身《うつそみ》われ贋《にせ》うたびとの證《あかし》ならずや

朝夕《あさよひ》の渚歩《あり》きに鍛ふるもこの肉の獄破らむがため

八十路《やそぢ》はた九十路《ここのそぢ》越え百《もも》とせの峠路《たむけぢ》に立ち狂はば如何に

半らは死びと

差し出だすわが手皺だみ肝斑《しみ》繁み死の匂ひすや汝が手たぢろぐ

わが皺手《しわで》握るすなはち死の側《がは》に引き込まれむと汝《なれ》怖るるか

老いづくは半《なか》ら死にづけ老いびとわが立つるは黄泉《よみ》の冷《つめ》た湿《しめ》り香《が》

この人は半ら死びとと人ら宣《の》るうつせみいまだ半ら生けれど

蓋《けだ》しこそ死びとの目もてうち瞻《まも》る街《ちまた》ゆく人みな終末《をはり》びと

終末《をはり》びと行きたがふ都市交差點渡りつつわれまた終末びと

遠つかた原子爐壊れ兇《まが》つ火の空滿つ日本《やまと》兇《まが》ひかり降る

遠つかた近つかたなく兇《まが》ひかり降り降る下の終末《をはり》の土ぞ

ひさかたの終末《をはり》の市に鬻《ひさ》ぐもの黄泉竈食《よもつへぐひ》の兇《まが》つくさぐさ

朝にけに黄泉竈食を食《を》しつつぞわれらみなから半ら黄泉《よみ》びと

黄泉《よも》つ食《け》を食《を》す未《いま》だよし飢ゑ死にし老姉妹《おいおとどい》をにゅうすは傳ふ

剰《あまつさ》へ家無き老いを汚《きたな》みと少《わか》きら闔《かく》み撲《う》ちころしつる

殺されし老いこそ明日のわが身なれ少《わか》き屯《たむろ》を遠目して過ぐ

老いよりも死を安らけみ死びとさび貪るに足る生きなるべしや

われ半ら死びとにあれば夜の牀のめぐり親《ちか》しき死びとらが伴《とも》

夜の牀に生けると死せる較べつついづれか疎きいづれ親しき

生けるどちみなかわれを疎むとも淋しくもなし死びと守《も》らせば

生ける時《しだ》疎かりけるも死ののちは親しよ蓋し死びととなれば

死びとらは黴の香好めわが寝牀晝も光を入れず風さへ

黴臭き書中に棲まふ死びとらの開け開けと囁け夜さり

讀みかへし殊に親しよ死ののちを骨流刑《ながさ》れし家長家持《おとなやかもち》

流されし天皇《すめら》ぬちにも親しきは呪ひ血を吐き終りし崇徳《すとく》

死びとらの中にギリシアのはたロマの智慧の人あり夜夜にひた聴け

千年《ちとせ》前五百年《いほとせ》前の死せる詩《うた》黄泉返《よみがへ》りこそわれを励ませ

死びとなほ死に慣れずかも生けるらと交《あざ》はるつねに欲りすとぞいふ

老い半ら死にしあればよ生けるにも生ける少《わか》きと交《あざ》はるを欲る

白つ髪落つるにあらでただ繁るしげくも殖ゆる老いの戀草

はだへ冷えししむら凍り骨ひびくのちもくすぶる戀の草火は

情欲の失せてののちを情欲の記憶燻《いぶ》るに老いはくるしむ

たまきはる靈《みたま》の冬に殖ゆるもの戀のよろこびならずくるしさ

骨冱《い》つる冬の至《はて》の日樂欲《げうよく》の熱鬧《ねつたう》にわれ在りと知らゆな

老老行

眞夏午後三時といふに雨戸閉《た》てはじむる老いといふを怪しむ

あちらにもこちらにも雨戸閉てそむる音して此處ら老いびと多き

夕づくに未だもあるを閉てきりし雨戸の内の老人不穏

閉てきりし闇を覗けば屈まりて足爪石化《せきくわ》せしなど削る

前立腺肥大豫防に老いびとも自慰勵《はげ》めとぞ雨戸閉てきり

惟《おもん》みよ老老《らうらう》媾合圖《こうがふづ》はた相舐圖《さうしづ》を性愛茲《ここ》に極まるらしも

死ぬるまで性交せよと週刊誌叫喚《けうくわん》す性交しつつ死ねとか

老男女《らうなんによ》交接のまま相死《あひし》ぬる窮極相對死《あひたいじに》とや言はむ

老人健に當座爲すこと非ざれば隊など組みて町行進す

行進し猶《なほ》し力の有り餘る老群の先山あり登る

老群の行進を死の行進と言ふならねども仄かに匂へ

加齢臭フェロモンの變といふからにその鼻痛き甘さ愛《かな》しも

おのれさへ嘔吐《たぐり》せむまで甚《いた》甘きあくがれの香か加齢臭とは

あくがれは老いに相応《ふさ》はずふさへるはあきらめのみとさ言へどされど

老ゆること死ぬるよりけに難ければいづこも匂へなま老人ら

自棄といふ起爆剤抱き雑沓に紛れたる老いその数知れず

老い奔り老い驅る車徒走《だだばし》り若きら轢かれ子ら逃げまどふ

怒る喚《をめ》く暴走爆發然るのち認知せずとふ老人なれば

老人は切れやすい　なら切れやすい部位斷ち切つておけ　豫《あらかじ》め

切れやすい部位斷つて老人が死ぬならば言はうその死は尊嚴死だと

老人を甚《いた》も憎むは若者にあらず老人の老人憎惡

たまきはる老老憎悪老いが老い憎むはおのが老いを憎むか

たまきはる老老介護その果てに老妻絞めし老夫茫然

老いが老い殺す壮絶死體より死體めき死體の前に棒立ち

かつては

認知症など知らずして人は老い衰へ死にき草枯るるごと

山はらに生ふる草採り食うべつつ人老い死にき木草のごとく

少年少女己《し》が裡《うち》に老いを育てつつ優しかりにき老いに病《やま》ふに

老いの鬱うつうつ深しうつうつと讀み書きうつうつわれは老人

とぶとりの明日か今日はや落魄の下流老人われ巷行く

迢空の六十六《ろくじふろく》・茂吉《もきち》の七十齢《しちじふれい》つとに超えわれいづくへか行く

老人が老人の行《うた》うたふとき天に笑はむ老人星は

百坂も見ゆ

八十《やそ》の坂越えむとかねて思ひきや九十《ここのそ》の坂百坂《もも》も見ゆ

八十坂に立ち振り返り見遙かす來《こ》し方《かた》凡そ坂ばかりなる

九十の坂見ゆといへそに到る坂坂愈よ險しきものを

坂ごとの天《あめ》や雲罩《こ》め風起り雨落ちときに雪さへふぶけ

雪降れば必ず思ふ手《た》握りて溶け去りしのちのつめたさのこと

折口の大人《うし》宣らしけり手握りて溶け去りし雪の名殘りぞ歌は

八十坂に雪つむ夜半に寝覺して何爲すべしや晨《あした》待つ間を

思ひきや八十坂越えて寝《い》ねかてぬ夜半のすさびに父戀はむとは

三十《みそ》足らず逝きし父の子八十とせと老いて戀ふるか會見《まみ》えぬ父を

父によりわれ生れたり然言《しか》へど誰《た》そや父とはわれ父知らず

わが生後百五日にて逝きたれば父あらかじめ永遠《とは》に亡き父

未知の父復元せむに母語りし父ただ若し遙かなる父

イエスに母マリアありマリアに夫《つま》ヨセフありさびしきヨセフ

福音書イエス、マリアの終り述べあはれヨセフの終り言はずも

洗禮名《せんれいな》ヨセフ多しもその終り語られざるを償ふがごと

洗禮名ヨセフ東の信うすき島國にことに多きやいかに

父つひに子の父ならず子の母の夫《つま》に終るか男《をのこ》なる者

母には二度《ふたたび》會へど父にはつひに會はずといふ謎永遠《とは》ぞ

寡默なる父、饒舌の父いづれ家族合せの捨て札の父

父尋ね尋ねあぐねば自らに父になれとか遅しその時

つひに父となりえざりける老いわれの爲すべきやただ老い耄《ほ》くること

老い耄くること必ずしも易からず怒り昂り切れ易きのみ

切れ易き自らの老い鎮めむとおのれ火つくりおのれ煮炊きす

飲食《おんじき》のためにつくる火同じきに世界滅ぼす種ともなるを

老いらくの愉しみとして夜の更《ふけ》に火付けありかむわれかも知れず

世界燃え滅びむときに共に燃え笑《ゑ》らぎ躍《をど》らむわれかもしれず

老いの夜の思ひすさびに昂れるわれやさながら燻《くすぶ》る榾木

燃え易き老い穏《おだや》めむ稱へごと俊成《しゅんぜい》九十《くじふ》臨終《いまは》のことば

「めでたき物」「えもいはぬ物」「おもしろい物」雪を食うべて消えし命火《いのちび》

百坂のあなた坂無み在るはただ闇か底無き穽《あな》か非ずか

玉かぎる夕つ人われ忽ちに夜つ人やがて影と消えなむ

手杖賜はる

八十《やそ》の坂祝へと手杖《たづえ》賜はりぬ握りに眼多《まなこさは》にある杖

八十の坂祝ふは齋《いは》へたはやすく得立ち越えむと侮《あなづ》るな齋《ゆ》め

八十坂につづき八十五《やそまりいつ》の坂ありとこそ聞けその坂畏《かしこ》

八十五《やそあまりいつ》の坂次ぎ九十《ここのそ》や九十五《ここのそあまりいつ》や百《もも》坂
百坂を越ゆればあなた坂を無みさくなだり落つか底ひも知らず

杖にある多の眼や何を見るけだし杖持つ人の內闇

內闇の眼《め》をば溢れて盲《し》ひしむを老ゆとしいふか老い怖ろしき

老いびとの杖衝《つ》きびとら行き合ひの衢《ちまた》八衢《やちまた》四方《よも》に増え次ぐ

杖にある多の眼恃《たの》み手《た》握《にぎ》りて立たむとすれや足よろめきぬ

手に握り杖もて立つはスピンクス掛けけむ謎の三つ足に立つ

惟《おも》みよ渠《かれ》オイディプス眼《まなこ》盲《し》ひ杖導きのさすらひの果て

オイディプス竟《つひ》のコロノス訪ねしはいまだも歩み確かなる頃

コロノスに喫みし珈琲《かうひい》ただ苦く滓《おり》残りしを舌は忘れず

若木撨《こ》り生皮を剝ぎ杖となすそを名付くるに侍童《こども》杖丸《つゑまる》

よき侍童とはやみくもに從ふに非ずときには抗ひ拒む

よき杖の握り心地やたなうらを拒み従ふ肉にかも似る

杖得たる五月何せし杖曳きし旅に攜《たづさ》へ讀みぬ萬葉《まにえふ》

萬葉集《まにえふしふ》二十巻《はたまき》の歌讀み讀むはさながら謎の野山さすらふ

萬葉の謎その一つ暴王の求愛の歌もて開くこと

萬葉の謎その二つ罪人の祝福の歌にて閉づること

萬葉集最終撰者大伴宿禰《おほとものすくね》家持《やかもち》死して遠島《ゑんたう》

撰者家持死して罪を得萬葉集四千《しせん》數《す》百首《ひやくしゆ》永遠《とは》にさすらふ

天平寶字《てんぴやうほうじ》三年元日重《し》きる雪萬葉二十《はた》巻《まき》鎖《とざ》し降る雪

天平寶字三年元旦雪一首吉事《よごと》といへど心兇《うらまが》のこゑ

天平寶字三年家持四十三《しじふさん》爾後二十餘《にじふよ》年歌殘らずも

家持の　志《こころざし》繼《つ》ぎ歌撰《え》りし菅家《くわんけ》また罪得て死す怖《おそ》や

歌こそは言の葉の杖木の竹の杖衝けずならむ日のための杖

歌の杖侍みに下《お》りむとほつくに黄泉比良坂《よもつひらさか》遠からぬ日の

八十坂に杖握り問ふ改めて誰《た》そや歌びと何《な》ぞや歌とは?

何《な》ぞや歌？問《とひ》逆しまに歌は何《な》ぞ謎こそ歌の意《こころ》ならずや

何ぞ？の問二つ重ねてなぞなぞの童《わらは》あそびに呆《ほ》けに呆けゆけ

MORTIS EXERCITATIO

御代替《がは》りこの一とせに喪ひし親《ちか》しき疎き屈《か》指《が》並《な》べかねつ

そのひとり亡《う》せし日知らず亡せたるはこの年かはた先立つ年か

そのひとり緩やかに呆《ほ》け呆けの果て亡せにけり誰《た》より賢かりしを

そのひとり宴《うたげ》の卓《つくえ》共にせし翌《あけ》の翌《あけ》の日突然《たけそか》に逝く

そのひとり癌《かに》より癒えていや努め再び倒れ亡せぬそのまま

柩《ひつぎ》なるその顔鼻梁いや高くわが知る彼に非《あらざ》るごとし

死にびとの薄目に見られ何爲《なにすれ》ぞわれ未《いま》だしくここにとどまる

友多くかの世に送り自らも半《なか》らかの世に屬《しよく》するごとし

若きらと睦びつつふと彼らにはわが身ほとほとかの世の人か

風邪《かざ》臥しの牀《とこ》に思へば返若《を》つといふは葬《はふ》り火くぐり灰と吹かるる

原節子そのほほゑみを老いしめず死なしめずありき罶壁鎌倉

原節子なる永遠の處女性に隣りて棲めば激しわが老い

憂愁女神めらんこりあの居すわりし老脳といふ凝灰われは

顧みて少・青年期まつづきに老耄長き一生《ひとよ》と言はむ

雙腕《もろがひな》・雙脛《もろはぎ》の紡錘《つむ》まぶしかる壯年つひに有《も》たずきわれは

ことはいづれ肉に限れや精神の壯年とふもわれには無かり

鬱然たる壯年と言ふ鷗外のはた漱石の壯の鬱然

盲ひたるバッハ聾《みみし》ふベエトオヴェン比《たぐ》へるならねわが脳疾《なづきし》ふ

丑三つは憂し満つの刻《とき》老鬱の牛密密と殖え虚《そら》に満つ

うつせみのわれ何者の墓としてほほゑみをるや若きらのまへ

聽て來む死の演習と沐浴《ゆあみ》して淨衣《じやうえ》まとひて仰臥今宵も

湯に漬かり思ふ手頸の血管《ちくだ》断ち湯に沈みたる大師傅セネカ

大師傅に死を賜ひたる暗帝の自死は百千《ももち》の賜死に潰れて

暗帝と生まれ月日を同じくし如何なる死をか死なむわれなる

偉《おほ》き死と仰がざらめや常の日を毒盃をもて閉ぢしソクラテス

仰ぐとふ行爲のうちに毒仰ぐ在りて仰ぎぬ法《のり》のまにまに

夜の牀は假死の喪舟か假初《かりそめ》の黄泉へ辷りて晨《あした》還り來

この假死の姿勢そのまま死とならばめでたからむを目覺む朝朝

うたた寢の仰臥のまにま火へ辷り火照《ほて》る骨とし出でこむ何時《いつ》ぞ

わが葬《はふ》りその朝爽《さや》に諸鳥《もろどり》の啼き交しつつかかやきあれな

骨となり水と氣となり無に空《くう》に風に紛れて失せむとこしなへ

われ喪はる

中華人民共和國海南省三亞《サンヤ》機場出づるすなはちわれ喪はる

無い何かが無い身と周《めぐ》り捜し盡して無かりき旅券

旅券卽身分證明失ひしうつしみこの身いづくのたれぞ

旅券無きこの身誰にも非ざれば乗れず泊れずバスにもホテルにも

同行者の部屋を譲られ日と夜とを透明人間として息づくも

透明人間といへ食欲健《すく》やかに覺むれば奔る大食堂へ

幾皿のバイキング食透明の胃の腑に落つや行く方《へ》も知らず

窓に見る三亞海濱《サンヤビーチ》や垂罩《たれこ》めて雨降りつづく來る日來る日を

東洋の布哇《ハワイ》を謳ふ此處にして降り暮らし寒し心さながら

徒然《つれづれ》に攜へし本讀み讀むにつひに讀み切り文庫本源氏

思ひきや光源氏も通り名に過ぎず眞《まこと》の名は記されず

光る君彼をめぐれる女君《をんなぎみ》そのひとりだにまことは名無き

名無き者名無き者と巡りあひ苦しめあふを世といふらしき

光る君とは何者ぞ闇ゆ現《あ》れしまらく光り闇に消えし者

しまらくの光と交《か》へる幾光それさへ消《け》たる闇の深さは

名無き者出會ひ別るる物語讀みつつわれもまことは名無き

作者紫式部といふも假名《かりな》にて本名《もとのな》いまだ審《つばら》かならず

TAKAHASHIとMUTSUOといふも假にして改めて知る透明者われ

時折は館內歩むこの身をば誰怪しまず透明なれば

この島の詩人《うたびと》の伴《とも》遠く來しわれ慰むと詩會《うたげ》もよほす

この島の詩人らおのがじしに讀みわれに讀ませつ手を拍ちやまず

集ひ來し詩人のうちわが詩《うた》を酷愛《いため》づるありその少女二十歳《をとめはたち》

その少女わが詩讀むに深かるを驚きかつは歡ぶわれは

わが旅券發見さると電話あり時しもあれや雲割れて光

旅券發見以後晴れつづき沙のうへ素足なるわが歩みおぼつかな

戻り來し旅券開くにTAKAHASHIとMUTSUOとぞある此は誰が名なる
NARITAより入國したるJAPANESE, TAKAHASHI MUTSUOといふは確かか

歸國民高橋睦郎續きしは不審入國者 NEO CORONA VIRUS

パンデミク語中眠れる蠻神《えびすがみ》パン久に醒め笑らぎののしる

蠻神パン従ふる八百萬《やほよろづ》ヰルスらが伴天地《あめつち》に罵《の》る

ヰルスその正身《むざね》その名を噂ともフェイクともいへ殖ゆ限り無し

マクベス夫人・鷗外家族・私

ぬばたまの眞暗《まくら》マクベス同夫人永遠《とは》逐はれゆく死の影の谷

ぬばたまのマクベス夫人雙手《もろて》擦《す》る音繰返し夜ぞ更けにける

洗ひても洗ひても去らぬ瀆れゆゑ水は湧くなり冥く深きより

われとわが手指怖るる疫《えやみ》をば死をば齎《もたら》すおぞまし手指

手をこするすなはち水の音ひびく空《から》の虚ろの繁吹《しぶき》ひびかふ

ねもころに洗ひ浄めつつ雙手ある殺生のため？献香のため？

手の爲さむ悪怖るると斷つ聖儀ありけりといふ斷つ者の手は？

雙手斷つ聖儀ありけりなほ齒あり舌のこれるを如何にかしけむ

黑夫人《こくぶにん》まねび諸びと手を洗ひ手を擦る嗤《わら》へヰルスが伴《とも》は

新《にひ》コロナヰルス殖えつつ笑《ゑ》らぎつつこすりあふ手のめぐり飛び交ふ

人血はなにゆゑ赤き青くも或は白くもありうべきものを

赤き血も外《と》に出づる須臾黒凝《こご》り臭ひ耐へ難し血を怖れよ

三十年《みそとせ》を超ゆる昔よ蘇古蘭《スコットランド》北邊《きた》にマクベスの城を訪ねき

マクベスの城市《まち》インバネス七月といへど暗雲湧きやまぬ空

インバネス産みしマクベス?・マクベスに因るインバネス?・稗史冥冥

夫人に因りマクベス酷き?マクベスゆゑ夫人や暗き?おぞまし生綱《きづな》

現マクベス城主夫人ぞ笑みまけてマクベス語り土産物賣る

マクベスの城市インバネス　ヰルス禍のこの夏の氣象《そら》如何にかあらむ

マクベスの城市の名に因るインバネス二重廻しを淺草に賣る

浅草の裏店《うらだな》に賣るインバネス暗冥冥と雲のごとしも

インバネス羽織る鷗外妻子《つまこ》率て立てるまぼろし上野廣小路

底知れぬ大鷗外のかなしみは四人子《よたりご》を超えわれらに及ぶ

鷗外に癈王水死の一詩ありふと羨望の氣味なしとせず

現はれし上昇　竊かなる自壊　その正反の合か鷗外

上昇志向繼ぎしは於菟と杏奴にて自壊念慮は茉莉と類とに

鷗外次男不律幼死貌美《かほよ》かり父母《ぶも》くりかへし言へばうべなふ

自堕落といふ大自由貫きし茉莉に鷗外笑み頷くか

何者かに成らむと足掻き成らざりし類の残生光る不可思議

母峰子妻志げ足して捏返《こねかへ》し成さむか和製マクベス夫人

家族もおのもおのも己《し》が寥に落ち相背き眠る闇騒く眞夜

「私の壊し方」そを爾後生の主題と立てつ寧けくもあるか

濤と火と

「マラルメの聲深かりし」弟子ら言ふ聞くを得ざれば轟《とど》ろ濤《なみ》の音

冬の濤見つつ思へばドオヴァアをいくたび越えし若きマラルメ

大西洋　ドオヴァア海峡渡りてし選良子ポオ酒に溺死す

くりかへし海うたひつつ大陸を出づる無かりき彼ボオドレエル

百三十年隔ていま聞くホイットマン聲裏返りふと火の匂ひ

ホイットマン朗讀聞くに惜しまるるマラルメの聲殘らざること

エディソンの發明の新　マラルメの聲の深きに屆かざるはや

ドオヴァアと聞けば思ほゆヴェルレエヌ　ランボオ寒き逃避行の果て

サムボリズム落ち行く先やドオヴァアを越え霧こもる眞冬倫敦《ロンドン》

若きマラルメ倫敦に見し石炭の焔《ほ》と燻《く》べる手の朱《あか》き反照

落魄のワイルド聞きしドオヴァアの底《そこ》呟《つぶや》きか de profundis

ドオヴァアと聲に出だせば雪まじり濤高だかと崩れくるごと

冬濤の轟ろの奥に聞くごとしマラルメのこゑ鷗外のこゑ

鷗外の聲に戀せし幼な妻志げ女《ぢょ》の一生《ひとよ》仕合せしや否や

四《よ》人《たり》子《ご》の四とほりの生《よ》の折節に聞こえかしけむ鷗外のこゑ

冬濤の暗き見てこし目を落とす活字より顯《た》つ鷗外の笑み

鷗外の悲心極まる詩と讀まむ細《さい》木《き》香《かう》以《い》の零落の果て

博物學さみしきかなや博物を學ぶは死はた死後を調ぶる

博物館總長鷗外死を總《す》ぶる長《をさ》とし押しし盲ら判の數

博物館總長兼《かぬる》圖《づ》書頭《しよのかみ》圖書また紙の墓ならじかも

杏奴・類

死の臭ひこもる館内童《わらべ》ごゑ谺するとき主《あるじ》は笑むも

鷗外漁史森林太郎とは誰《た》そや維新日本の死を總ぶる者

デスマスク鷗外けだし此の國の黃泉司《よみづかさ》オシリス神と頌《ほ》むべく

観潮楼《くわんてうろう》包む焔《ほ》の雲舞ひあがり八十餘年いまいづこただよふ

観潮楼いづくんか在るさはれさはれ去年《こぞ》の雪來《こ》ん春の霜

荷風罹患日乗

偏奇《へんき》館《くわん》火焔獣《サラマンドラ》なす燃え落つる見届けし悲怒茫然の人

昭和の火文《ぶん》に酷《むご》しも觀潮樓・偏奇館燒き猶《なほ》し貪婪《たんらん》

昭和の火貪婪のすゑ東京を廣島をさらに長崎を呑む

昭和の火舌舐めづりし齒咬みしてゐらぎわしるや大八島《おほやしま》燃ゆ

昭和の火その燃えさしのその火の粉令和虎狼難《コロナ》の天に見えじか

*

雪いたく降れとこそ願《ね》げ八十《やそ》あまり三《み》たび巡らむわが生まれの日

變はりやまずよ

生きものと然らざるとの狹間《ざま》冥く湧きやまず變はりやまずよヰルス

湧きいでしヰルスのひとつ名付くるに新《にひ》コロナヰルスコギド19

ヰルスとは羅甸語に「毒」われもまた現つ世に毒　居留守もならず

キルス居《ゐ》は卵殻《このから》ごもり胞衣《えな》ごもり胎児《はらご》返りも年越えむとす

家ごもり九月《ここのつき》經つ眞夜頻り屈葬思へ書に倦みし果て

屈葬は死者己《おの》がじし雙腕《もろかひな》抱く膝に額《ぬか》押しつくるかたち

甕棺《ようくわん》は屈葬の胎《はら》　眠り覺めふたたび立たむ願ひのうつは

わが屈葬思へど虚し火葬・破砕・液化ののちは無化・忘却化

わが庭の噴井《ふけゐ》の清水眞夜深く舐むる舌あり閃めきやまず

縺《もつ》れあふ眠りを思へ落葉朽葉凍みつく下の爬蟲のうから

くちなはの卵裡《うち》より喰ひ破り小さきくちなは生《あ》るるつぎつぎ

蛹なる異形裡より喰ひいでて羽化なす蝶や蛾や數知れず

生まれ兒を受くる襤褸布《ぼろぬの》はるかなる死をいだく炎《ほ》の燿《かがよ》ひなすも

みどり兒の髮の初穗を揃へ結《ゆ》ふ筆の水くきみどりに燃ゆれ

ましら兒に乳《ち》養《か》ふましらの母描く母子像あれな仰ぐべくこそ

重齢《ちようれい》の螺旋階段踏みのぼり踏みづら雲を虚を踏むごとし

階段《はしきだ》し螺旋《かひま》きのぼる　顱頂《ろちやう》より天指《あめさ》しくだる深井さながら

喘鳴のごときはありて冬の夜のはるか行くなりあるいは耳底

天飛《あまだ》むや遠のこがらし幻に聴きつつぞ老いの寱火のごとし

山のかひ海のそこひの異形らを数へ鎮むる希臘《ギリシア》古詩あはれ

草枕旅を思へば起き臥しに骨きしむ家すでにして旅

家に在りて笥《け》に盛る飯を旅の笥と食《を》せば窓の外《と》椎花暗き

草枕旅びと隆歌といふ女性《をみなと》尋めかね暮れし一生《ひとよ》か

阿婆世を故意にあはなと讀みて

あばよとは告げずあはなと竟《つひ》の旅比良坂越えて行方知らずも

遺る我等あはなと思へば常枕《とこまくら》草の枕と寢《ぬ》る寢《いめ》にこそ

瘳に顯《た》つ老い母ならずうら若き母なり耄《ほ》けし息子に笑まふ

眠りてもいよよ眠きは糖化とぞ耄けたる砂糖人形かわれは

砂糖人形われ盡さむと集まり來悔恨《くわいこん》の蟻・死の蛆が伴《とも》

「もう秋か」嘆きしや誰もう冬か冬來たりなば——春待ち難し

とほ窗にとほ我立ちていまここのうつせみ我を思ひ出でこそ

戀するに歌ふに倦みて注釋に生きむ老後かわれは望まず

多く食べものの歌

ダリゐがく麺麭《パン》を思へり摘《と》り出しし心臓のごとひくつける麺麭

ダリゐがく麵麭　食卓の盡くる邊《へ》に危ふく在ればわが動悸なす

ダリゐがく麵麭のおもてに血管《ちくだ》浮き動悸打つ見つわが舌渇く

麵麭竈《がま》を出でしばかりを買ふなれば新生兒《うまれご》のごと深く息づく

銀をもて麵麭を購《あがな》ふ辱《はぢし》むるため神の子を買ふがごとくに

竈出しの麵麭指《およ》もて毟り食む神の子の肉毟り食むごと

幾十歳《いくそとせ》屋敷を出でず家族《うから》らに麵麭焼けり老處女《ゆかずめ》エミリ・ディキンスン

エミリの詩どの一篇も馥郁と馨る生《あ》れたての麵麭をさながら

百《もも》くさの乳酪《チイズ》あきなふ舗《みせ》に立ち選みゐる目と鼻は我がなる

黄金《こがね》　赤銅《あかがね》　白銀《しろがね》いろの乳酪《チイズ》ある　しろがねはことに臭ひ妖しき
臭ひことに妖しき乳酪よろこぶは大き七つの罪のいづれぞ

選《え》る指は目に諮《はか》り目は鼻に問ひ鼻は頭《づ》に告げ頭は値踏みすも

神のまへ並べて賣るを叱るこゑ選み買ふをも叱るにかあらむ

朝昼兼食《ブランチ》の乳酪切りつつ詩作とは醱酵黄金《きん》の時間待つわざ

青黴の毛ごろも乳酪一片《ひとかけ》にわが遅昼《おそびる》の供犧締めむかな

醱酵と腐敗譬《たと》へば金と銅　腐臭しばしば芳香に似る

草上の晝餐なれば靴を脱ぎ沓下を脱ぎ裸足さへ脱げ

草上の裸のひとり浄ければその他着衣の者みな濱る

三大陸その結節部祕所《ひそ》として其處原產となせり無花果《いちじく》

智慧の木の實や蓋《けだ》しくは官能の罪の香に羽蟲群るる無花果

無花果の香に愛《め》で癡《し》れて動けざる愚かの蠅の一つかわれも

「夥しく乳房持てる木」いちじくの乳房おのもおのも内ゆ病めりき

豊かなる雙《もろ》乳房深く蝕みし癌けだしくは下笑《したゑ》みに笑め

闘ひに妨げなすと雙乳房捨てき女《め》軍《いくさ》猛《たけ》アマゾネス

草食男子《さうじきなんし》肉食女子《にくじきによし》に組み敷かれ見ひらきしままあとも洩らさず

肉食女子草食男子平げつ水みたいなどのたまひしはや

草食のけもの思へば齝《にれが》みのまにま居眠り寐《いめ》に齝む

齒と舌の悦びのため調《ととの》ふる餉《け》に仕ふるとまめまめし火は

炙り煮る火に舌と齒のあればこそ舌打ち齒咬み囃しよろこべ

飲食《おんじき》の下りの路は聲・言《こと》の上《のぼ》り路《ぢ》にして邃《おくぶか》し咽喉《のみど》

口・咽喉《のど》の潰れ除《さ》らまく朝に夕《け》に口含《くく》み漱《うが》ひすほがらほがらに

人臭あらは

溺れ谷いくつ海へと溺れ入りノルヱイの白夜《びやくや》チリの黑日《こくじつ》

溺れ谷背景に立ちまた坐せる男《を》と思へば女《め》の眩しセラフィタ

セラフィタを生《な》ししバルザック　スエデンボリ　いづれを母と父と呼ばむか

馴鹿《トナカイ》を同胞《はらから》と生き同胞を食らひ生き繼ぎ優しサアミびと

チリの昨陽《きそひ》の面《も》に黑斑《くろふ》殖ゆる晝街上《がいしやう》に消えし若き幾百

アジェンデもピノチェトも黒き過去として目痛きまでに白し日の晝

アイスランド動物園に象を見ず獅子を見ず狐ゐて臭ひ濃き

アイスランド秋澄み透り狐には狐臭《こしう》　人には人臭《じんしう》あらは

アイスランド島の央《もなか》に立つ噴湯《ふけゆ》天に沖すと見るや折れ落つ

アイスランド島の央にエウロパとアメリカの斷層《きれめ》あり相背《あひそむ》く

目のまへのアイスランドびとなす言《こと》の古《ふる》スカンジナビア怒濤風雪

スカンジナビア古語の殘響正耳《まさみみ》に聞けばエッダはサガは永遠《とは》に現在《いま》

神は神　人は人どち相殺し相讎《あだが》へしとめどを知らず

家と家うからとうから相殺《あや》めやまぬサガ凄じく美しきかな

兇《まが》の香の鼻の芯刺す近親姦《インセスト》王座の高き襤褸《ぼろ》の低きに

聖女・魔女こもごも出だすインセスト重ね濁れる舊き血統《ちすぢ》は
村娘召し乳房斷ち血潮浴び叫び躍りきエリゼベト・バアトリ

囘春のため殺めたる處女の數六百を超ゆ血の女伯《をんなぎみ》

いとせめて處女《をとめ》愛《め》で癡《し》れその餘り啖《く》ひ盡ししと異傳あれかし

罪悔いず許しも乞はず塗り籠めし獄《ひとや》に生きし四とせや如何に

牢籠めの四とせがうちの孤食《こしょく》孤屎《こし》思へば寒く酸《す》く鼻ひびく

亂倫と禁欲親《ちか》しみつみつし王女《わうによ》姉妹《おとどい》笑み交はすがに

攫《さら》ひこし幼な男兒《をのこ》の睾丸《たま》嚙《しが》み長生叶はざりき西太后

太后の磨きしといふ美味の極満漢全席にわれ連ならず

生きながら猨《さる》の頭骸にストロオ刺し脳吸ふといふわれは望まず

太后の好みしといふ菜單にふと人肉の臭ひ立たずや

卓上の葡萄の房の誘ひや詩《うた》の誘ひ見つつ飽かなく

詩といふ形而上をば形而下に表はさばこの房の葡萄《えび》の實

房の實の葡萄粒づつ食うべつつ眼《まなこ》ぶだうの深きを得むか

葡萄の實左右《さう》の眼窩に嵌めしごと瞑想深し盲ホメロス像

ぬばたまの葡萄の酒の酔ひ知らぬ少年われを捕へしギリシア

いかにさびしき

電車より見ゆる燈のもと茶袱臺を圍《かく》める家族いかにさびしき

家族なる虚構思へば構へ成すひとりひとりも危ふき虚構

覗き見し夕餉圍めるかの家族つぎつぎ缺くや一人だに非じ

春日照る若草姉妹見る見るに荒草と枯る遺産奪《ば》ひあひ

荒草の姉妹互《かた》みに枯らしあひ跡なく絶えぬ春日照る家

現し世の家族崩壊　人形の家なつかしく燈し賣らるる

人形に眼玉入るるは魂《たま》入るる眞夜丑三つを待ち入るるとぞ

人形に魂入るるとき入るる者の魂がつくりと衰ふところそ

わが友の人形つくり人形をつくる止《や》めたりヰルス禍がゆゑ

人形をつくるを止めて健《すく》やかと告げこしに答ふ長生きをせよ

「ヒトガタ舞はしんさるか」問ふをもて誰何《すいか》となせり傀儡《くぐつ》集落

ヒトガタを舞はすがヒトかヒトガタに舞はしめらるるヒトかいづれぞ

傀儡《くぐつ》をば怖れ憧《あくが》れ村ありき町ありきそよ遠き世ならず

木偶《でこ》と言ひ木偶《でこ》助《すけ》と呼びにんぎやうを愛《いと》しみ嬲《なぶ》り酷《むご》やにんげん

去《い》んじ世の一人《ひとり》遣《づかひ》の人形の頭《かしら》残らず矮《ちひさ》きかしら

三人をもて遣はるる人形のまことは遣ふその三人を

三人遣《さんにんづかひ》その足遣《あしづかひ》　腰を病み膝を病みなば棄てられなむか

人形よく人を遣ひぬ人形《にんぎやう》遣《づかひ》・太夫《たいふ》・三味線《しやみせん》彈《ひき》のなべてを

人間もヒトガタなれば操《あやつ》りの絲のまにまに手上がり足上がる

宣長やけだし見にけむ現《うつ》し世の人を操る幽《かく》り世の絲

人の世のもののあはれも幽り世の操りあそぶ絲のまにまに

幽り世の綵のまにまに成りにたる維新明治の政治《まつり》操り

幽り世の綵操れば西郷が大久保が去り伊藤また殪《たふ》る

人形の隔世遺傳ロボットの人もの言へば答へなどして

ロボットに雌雄《めを》の無ければ媾《まぐは》はず産《う》まず人間の子を眞愛《まがな》しむ

ロボットとしまらく遊びゐし幼《をさな》つと現はれし母に連れ去らる

睦みゐし子を連れさられさびしらのロボット見つつわれもさびしき

ロボットを産みし胎《はら》なる人の脳子宮よりげになまなましかも

きくきくときくきくとこそ動くなれ關節人形きくきくとわれは

幻を湧かす機械《からくり》テレヴィジョン長かりしかなその盛り過ぐ

テレヴィジョン機械持たざれ額垂れその終焉を深悼すわれは

鋭目なるや

いそのかみ古事記《ふることぶみ》に遊ぶあめつつちどりましとと鋭目《とめ》の鳥あまた

鋭目なるや鳥のうからの飛びちがふ山のふもとに棲み古るわれは

鋭目鋭ごゑ鳥のうからの幾くさを飼へば鳥舎《とや》めく古いへわが家

わが飼へるもの眞似鳥の繰りかへすぬばたまの「夜の女王《にょわう》のアリア」

「夜《よ》女王《にょわう》のアリア」「倖せなら手を叩かう」混ぜうたふわがもの眞似鳥は

もの眞似鳥わが眞似なせば眞似鳥のもの眞似びとと他手《ひと》を叩け

飼ふ鳥はいつか死なむと知れれども飼はずはあらず鳥好むわれは

どの鳥も臨終《いまは》は別れ耐へ難《がた》に掌《て》のへに鳴きし思へば泣かゆ

速やかに魂上るべく葬りせし黑焦げのなほ小鳥のかたち

死にしより殘る番《つが》ひのかなしさはたちまち忘れもはら餌食《ゑば》むも

死なしめし飼鳥の魂幾つ寄り守護なすやわがいのち愛惜《あたら》し

わが死後も長く生くべき飼鳥のあうむ老我《おい》が目を覗き啼く

ひさかたの天稚彦《あめわかひこ》のみ葬《はふ》りに事《つか》ふる鳥の百鳥《ももとり》千鳥《ちとり》

射し人の葬りに射らえたる雉子《きぎし》哭女《なきめ》と哭《ね》泣《な》き事《つか》ふるあはれ

古語《ふること》に鳥の遊びといふあれば遊ばまほしきその鳥遊び

鳥遊部《とあそびべ》いかなる部曲《かきべ》あれやこれ思ふはたのし永き春日を

壹越調《いちこつてう》春鶯囀《しゆんあうでん》は樂《がく》の名かはた舞《まひ》の名か耳目《じもく》よろこべ

鳥兜戴きて舞ふ舞人《まひひと》の手舞ひ足踊る樂のまにまに

さねさし相模の鳥の瑠璃の鳥此の頃聴かずましして見ずさみし

鳶いくつ舞ひ澄む見れば飢ゑし目にわれ乾《から》び酸《す》き肉《しし》に過ぎざれ

鳥寄せの老《おきな》ありけり己《し》が寄せし嘴《はし》に啄《つつ》かれ喰《く》はれ跡なき

鳥葬《てうさう》の掟ありけり厭へるを山嶺に追ひ啄き盡さす

翼ある言葉讚むると弦《いと》はじき歌ひやまざりホメロスが裔《すゑ》

翼有ると無きと言葉に二つあり無きは翔《と》ばむとすれど地《つち》打つ

翼有る詩孵《うたかへ》さまく朝牀に腹這ふわれや母の鳥めく

羽搏ちつつ詩つぎつぎに翔び立つを見送れどその行く先危ふ

レダ傳説

雄白鳥《をしらとり》きりきり締めて眞處女《まをとめ》の眞裸にして強き雙腿《ふたもも》

鳥姦《てうかん》ののちをみな子が草がくりひそと產みにし鳥卵《てうらん》二つ

卵生の二星《じせい》同じく二處女《ふたをとめ》をみな生來《もとより》怖《おぞ》なるものを

卵生の雙生兒《ふたご》姉妹《おとどい》その一人夫《をひと》を屠《はふ》り一人裏切る

鳥占《とりうら》の鳥の行方を逃《のが》さじと占《うら》びとの目の鳥よりも鋭目《とめ》

姦せりと宣る

見る既に姦《をか》せりと宣《の》る　目こそ先づ恥部なるをなど匿さざるや

豚といふ潰れしものの血を灌《そそ》ぎ聖き境《さかひ》を限れとぞ宣る

神託《かむつつげ》怪しくもあるかアテナイの醜《しこ》ソクラテスを大智者と宣る

賣るといふ事《こと》の源《もと》にぞ人を賣る在りて白晝雜沓に賣る

人市《ひといち》に賣れる若者富む友に買はせ侍らせき老《おい》ソクラテス

若き頭髪《かみ》弄びつつ智慧を説き止まざりしとぞ最後一日《いやはてひとひ》

少年は易く老ゆればはかなしな世に少《わか》きをば愛《いつく》しむこと

石胎をうまずめと訓《よ》めたねなしと訓む漢字《まな》在らず呪はしも男《を》は

朝覺めて隣りの部屋に他《ひと》の在る原闕《もとかか》はらぬ生《いのち》隣れる

葡萄《ぶだう》搾木《しめぎ》　橄欖《おりいぶ》搾木《しめぎ》　むらぎもの心搾木《こころしめぎ》のわれか苦しゑ

水源《みなもと》に水涸《かわ》き銀床《かなとこ》に銀盡《かねつく》しうつせみわが詩心《うたごころ》涸《か》る

われ生まれ未だ目開かざりしに父死す

何ゆゑの泪ぞ老いの目に溢れ考《ちち》常《とこ》若し逢はざればなほ

泪川《なみだがは》そそぐやいづち茫茫と忘《わす》レテの淵アケロンの瀧

眞夜にして神《しん》衰ふる物狂ひ八十《やそ》・九十《ここのそ》を耄《ぼう》と『禮記』は

耄《ぼう》リヤよ轉《うた》たさすらへ自己愛の自恃の果てなる曠野《あらの》飛火野《とぶひの》

さるひとに

コオデリヤと思ひたからめそのまこと父殺しゴネリル若《も》しはリイガン

彼処《かしこ》タンジェ陋巷《ろうかう》にかつて訪ねにき老残のひとポウル・ボウルズ

壮《さう》ボウルズ不羈を愛《め》でけむ無頼どち宦官《くわんぐわん》めきて侍《かしづ》けるはや

或は妻殺《あや》めしかとふボウルズの老いのめぐりの婢《はした》めく男《を》ら

背《せ》跼《くぐま》り咳《しはぶ》ける老い我深くみづみづと目を瞠《みは》るわかもの

無殘なる老い吾《あ》がめぐり若ひとら吾を叱り鍛《きた》め勵ますに謝す

若猛《わかたける》おほかた老いて醜《しこ》づくぞ禁《まな》すくなくも汝は然らざれ

雪浄く損はれ易く痛ましく譬ふれば処女《をとめ》カミイユ・クロオデル

清浄《しやうじやう》の雪蹂躙し彌高《いや》く彌眩しもよ老太陽ロダン

晶子《あきこ》・寛《ひろし》ロダンを襲ひ貰ひたる名の子アウギュスト老後いかにぞ

百翁《ももおきな》百人《ももたり》曰《いは》く長生きは止むを得ずなり愉ならず快ならず

飲食《おんじき》 腥《なまぐさ》 きかな一日三食・二食・一食……絶食すらも

わが眠る夜半も眠らぬ胃の腸の作《な》す㝱なれば重蜷局《しきとぐろ》なす

どぶ鼠わしる地下溝《ちかこう》縦横に都市の不眠は欠伸《あくび》噛みころす

星ぞらは薄ら紗の布　星布《ほしぬの》を重ね重ねて夜は在りて無き

レントゲン線透過その度《たび》たまきはる命《いのち》減るとぞ「息止めて其儘《そのまま》」

老いを生きる　跋に代へて

ただいまご紹介いただきました高橋睦郎でございます。

これから「老いを生きる」といふ演題でお話しするわけですが、このお集まりの事務局長でいらつしやる新村先生からご依頼を賜つた時點では、正直のところ、もう一つ實感がございませんでした。たしか一昨年、平成二十九年の夏の終はりか秋の初めのことで、當時の私はまだ七十歳代でありました。七十歳代と申しましても、そのどんづまりの七十九歳だつたのですが、七十九歳と八十歳とでは當事者にとつて大違ひなのですね。

古來、六十歳を還暦と言ひならわし、私の少年時代の大人たちは、六十の聲を聞くと、世間の期待どほり身心ともに衰へて見えたものです。たとへば一メートル歩くのに優に一分かかる老人を見て、子供ごころにも六十の坂を越えるのは大變なのだなと實感。いまはこれが八十、九十になつてゐるやうで、先日も元東京大學總長有馬朗人先生に、「高橋さん、八十の坂の後に八十五の坂があるんだよ、これを越えるのが大變でね」と言はれたばかりです。

そもそも六十歳還暦と申すのは十進法に先立つ十二進法五廻りでありまして、現在の醫學の進歩や意識の變化に沿ふならば、十六進法五廻りの八十歳還暦のはうがしつくり來る。じつはこれ私の切實な實感でもありまして、今回のご依頼を受けたすこし後の一昨年十二月十五日に八十歳の誕生日を迎へ、それから一年餘のあひだ徐徐に加齢を意識するやうになりました。このことは八十歳の誕生日のまさにその日、思ひもかけず日本藝術院會員の辭令を受けたことにもよります。

それまで私はまつたく知らなかつたのですが、藝術院會員になることは非常勤の國家公務員になることなのださうです。つまり、それまで社會的桎梏から自由だつた身が、役付きの端くれにされた、といふことですね。役付きといふので思ひ出したのは、これもわが國古來の習慣である厄年のことです。古來わが國では數へ年四十二歳を男の大厄と稱し、厄除け拂ひをして現在に到つてゐること、ご承知のとほりです。この厄は厄病神の厄、つまり厂（ガンダレ）に㔾（ハン）の字を當てますが、彳（ギヤウニンベン）に殳（ルマタ）、つまり役人の役を當てることもあります。

昔のわが國では數へ年四十で隱居・年寄りといふ役付きになり、若輩へのご意見番になつた。その基にあるのは、身心ともに衰へを覺えはじめる年齢は、世間から一目置かれる年齢でもあるといふ兩義的な認識です。これはヨーロッパ文明のおほもとである古代ギリシアでも同じで、これをアクメーと呼びました。何年生まれといふ代はりに第何回オリュンピアの何年目にアクメーだつたと言ひならはした。東はパレスティナ地中海岸、西はイベリア半島、北はクリミア半島、南はリビアにまで、點在した千に餘るギリシア人の都市國家が集まつて、正確に四年ごとに開催する國際的なスポーツと學藝の祭典でしたから、現在でも遡つてそれは西暦紀元前何年と推定できる、そこでその年から四十年を差し引いて何年生まれと特定できるわけです。

それはさておき、現在では洋の東西を問はず、四十歳などでは一人前とは認められない。その意味では男の大厄、つまりどんづまりの厄年も八十歳とすべきではないかと、ここで提案しておきたい。さて私は八十歳を過ぎて衰へを日日實感してゐると申しましたが、それはとりあへず元氣だといふことでもあります。元氣でなくなつたら、衰へを日日實感などと暢氣なことは言つてゐられない。とりあへず元氣であることを、兩親か神樣に感謝しなければなりません。

顧みますのに、私は幼い頃からけつして丈夫な質《たち》ではありませんでした。小學校入學以前には水疱瘡、入學してからは百日咳、その後も何かといふと熱を出し、下痢をしました。大人たちは智慧熱などと申しましたが、智慧などちつとも付きませんでした。母子家庭で極貧だつたので、小學生時代はかつぎ屋の母の片棒をかついで五升の闇米を運び、中學校に入つてからは朝夕の新聞配達をし、配達の途中で鼻血を出すこともしばしばでした。

中學、高校、大學と働きづめで、しかも學校の授業には缺かさず出席しましたから、無理が祟つて卒業を翌春に控へた秋の集團檢診で肺結核を宣告されました。アルバイト苦學生としては療養など思ひもよらず、死ぬほかないと思ひつめました。大學は福岡市でしたから、郊外にあつて地つづきの志賀島（あの有名な「漢委那國王」の金印の出土した島です）の波打ちぎはを、學生服のズボンの裾が濡れるのも厭はず、一周した思ひ出がございます。さいはひ生活保護といふ制度があることを知り、二年近い療養所生活ののち快癒して復學。しかし教育系大學でしたから全快しても教師になることは絶望的でしかたなく上京、郷土の先輩に出會つて出來たばかりの廣告プロダクションにアルバイト身分としてもぐり込み、なんとか生きてまいりました。

結核療養所で教はつたのは、健康を取り戻すためにはよく眠りよく食べなければならないといふことです。入所三箇月で菌が出なくなつたので、食堂の配膳の手傳ひをして、食事の進まない患者さんの食事も戴いて、みごとに肥りました。上京後も勤め先が銀座で、近くに松屋、三越、松坂屋とデパートが三つもあつたので、デパ地下の食品賣場を利用して、おほいに食べました。ところが入社二年目に黄疸が出て急性肝炎で入院、ただ食べればいいのではなく、食べていいものとわるいものがあることを教はりました。

肺結核と急性肝炎に罹つたおかげで食を中心に生活に氣を付けるやうになり、とくに四十歳代に勤めを止め神奈川縣逗子の海岸に近い山裾に住むことになつてからは、環境にも惠まれて快適に仕事ができてゐます。五十歳代の終はり頃から朝四十分前後海岸の沙濱を歩くことを始め、のちにはこれに目覺めてすぐの蒲團の上での漢方式ストレッチ體操四十分前後を加へてゐます。これはげんざい月二回通つてゐる鍼灸院の先生に教はつたもの。ほかに月二回指壓整體。年齢に似合はず過食氣味なので、二箇月に一度糖尿病醫の檢診を受けてゐます。

食事は一日二回、第一食が午前十時半前後、第二食が夕方六時過ぎ。第一食はゆで野菜と具澤山のみそ汁、第二食は野菜サラダに魚肉か鷄肉、どちらにも玄米ご飯かライス・マカロニを添へます。納豆、ヨーグルト、おろししやうが、にんにくもよく食べます。食事を支度して食べ終へ片づけるのに二時間近くがかかります。これは私が愚圖のせゐもありますが、生活の中で食べることの重要さの證しでもあらうかと思つてもをります。

タバコは吸ひません。アルコールは家では客のある時のみ、來客なく飲みたい時は外に飲みに出ます。甘いものが止められないので糖尿病藥のアマリールとアクトスとを第一食前に各一錠飮んでゐます。二箇月ごとの檢血・檢尿の結果は現在のところ良好です。これは私如きが改めて申すまでもないことですが、健康は身體の問題であると同時に、精神の問題でもあります。精神の問題と申せば、私は六十歳を迎へて一つの決心をいたしました。それは以後三十年はなんとか健康を維持して仕事を續けようといふことで、これを毎年更新してをります。と申すことは、それから二十一年後の八十一歳現在では、百十一歳まで仕事をすることになります。來年は百十二歳まで、再來年は百十三歳まで、計算の上では無限に延びるわけで、詩の最重要のテーマである永遠と繋がることになります。

もちろん、生命體でありますからおのづから限界はございます。要はせつかくこの世に招待されたのですから、できるだけ永く生きたいといふことです。だからといつて、ただ元氣で生きるだけではしかたがありません。と申しますより、元氣に生きるには戀が缺かせません。古代ギリシア語で申せばエロースですね。世には老いらくの戀などと申しまして、老年の戀は不似合ひなもの・醜いものと揶揄《からか》ふ傾向がありますが、自分が老いてみれば、若い頃とは違つた意味で戀の感情が切實なことを自覺します。老いて青春と嘯《うそぶ》くのをこがましいなら、凄春と呟いてもいい。青い春ではなく、凄まじい春ですね。

私ども日本人の祖先もこのことがわかつてゐたらしく、『源氏物語』の先ぶれともされる『伊勢物語』には百歳に手が屆かうかといふ老女が自分の孫のやうな年齢の美男の譽れ高い在原業平に戀して、これを殊勝なことと感じた業平が老女の思ひを叶へてやるといふ話があります。また能にも「戀重荷」といふ名曲があつて、宮中に仕へる庭掃除役の卑しい老人が女御に戀してその思ひを弄ばれ狂ひ死ぬといふ話があります。一見、老いた女性の戀は肯定的に、老いた男性の戀は否定的に描かれてゐるかに見えますが、後の場合も結論的には老人の思ひを弄んだ女御の態度が非難されてゐるやうですし、前の場合も老女の戀に對して揶揄ひ氣味であることは否めません。いづれにしても先人たちは老いた者も戀する存在であることを知つてゐて、一種の労りの情をもつて眺めてゐたやうに思ひます。

ただ老いた者の戀が過激になるのは考へもので、その例は『源氏物語』にあります。若菜上の巻・下の巻の內容がそれで、四十の賀を迎へた源氏の君が、永年連れ添つた紫上といふ伴侶をもちながら若いといふよりはむしろ幼い女三宮を正妻に迎へ、その幼な妻が彼女に戀した若い貴公子の胤を胎るといふ話です。これが老いての戀そのものを否定してゐるといふのは行き過ぎでありませう。そもそも『源氏物語』の主題は本居宣長言ふところのもののあはれ、これを現代的に言ひ換へれば「人間は生まれてから死ぬまで戀する存在だ」といふことになる。ただ、その戀の思ひを過激に行動に出せばよいといふのではなく、自覺をもつて戀しなさいといふことではないでせうか。

たとへば八十歳過ぎた男性が二十歳代の女性に戀する。その氣持を直接ぶつけて同衾を迫るといふことになれば身も蓋もありませんが、愼しみといふ距離をもつて見守るといふことであれば、相手の女性も嫌ではありますまい。相手が直接的な行動に出ない限り、自分が戀されてゐるといふことは不快ではないと思はれます。このことを言つてゐるわけではありませんが、能の大成者世阿彌の言葉に「せぬ手だて」といふ、なかなかに意味深長な一句があります。能のシテが老いて若いシテに負けまいと全力投球するのはかへつて見苦しい、すべてを表現するのではなくて、要所のみを表現して後は省略する。そのことで全力投球を超えた美が實現する、といふのです。

私は若いときから本を讀むのと同樣と申しますか、むしろ本を讀む以上に能や狂言、歌舞伎や落語など舞臺を見ることを通して學んできた人閒ですが、能の後藤得三とか、狂言の先先代野村萬藏、歌舞伎の先代中村雀右衞門、落語の先代林家正藏……など、八十過ぎてまさに「せぬ手だて」、省略の藝で、全力投球の藝を超えた例を澤山見てきてゐます。そしてその老年の藝は若い世代の尊敬に支へられて輝く、と言へるのではないでせうか。

これは何も舞臺の世界の特殊事情ではなく、一般社會にも言へることだと思ひます。かつては落語に登場する橫丁のご隱居のやうに、老人といふ存在が煙たがられつつも重寶されてゐました。何かわからないことが生じると、あの年寄りのところに行けばわかるんぢやないかとお伺ひに行つたものです。私も若い頃、小說の稻垣足穗とか、詩の草野心平とか、俳句の永田耕衣とか、短歌の葛原妙子とか、西洋古典學の吳茂一とか、日本藝能史の林屋辰三郞とか、學藝の諸先輩をお訪ねしては、多くのことを敎へていただきました。現在はそんなことがめつきり減つたのではないでせうか。老人に聞くよりコンピュータに聞いたはうが早い、といふわけです。

しかし、コンピュータはコンピュータにすぎず、人から敎はることには敵はないのではないでせうか。私たちが若いときに老人のところに行つたのは、いまは若い自分もそのうちかならず老人になるのだといふ思ひが、意識的か無意識的かは別にして、どこかにあつたからではないでせうか。かつて若いとき老人に會つて直接教はつたことだけでなく、見るともなく見えてゐた老人の立居振舞が、自分が老人になつた現在、ずいぶん役に立つてゐます。その意味では今日の若い人たちには、自分たちがそのうち老人になるといふ想像力が缺けてゐるやうに思はれてなりません。

これは一つには核家族化が進んで、幼いときからわが家のうちで老人の日常生活を見ることができなくなつたことが大きい。祖父母は父方も母方も別に暮らしてゐて、孫たちがたまに遊びに行つたりすると、孫たちによく思はれるために、元氣に綺麗にふるまつて、お小遣をくれたりする。孫たちは祖父母の明るい面だけを見てゐて、暗い面は見てゐない。だから祖父母が呆けたり寝こんだり粗相をしたりすると、とまどつてしまふ。老人のがはでも若い者に氣を遣つて、若い者の世話になるのを避けようとする。ことに深刻なのが排泄の問題です。自分がものにつかまりながらでもお手洗ひまで歩いて行けるうちはまだいい。寝たきりで襁褓《おむつ》をつけて他人に始末をしてもらふくらゐなら死んだはうがまし、とほとんどの老人が考へてゐます。

老人施設などでも外から見てゐると、私の思ひ込みかもしれません（もしさうだつたらお許し下さい）が、怪我を恐れるためかなるべくベッドに寝かしつけて（結果的に）足腰を弱らせ、歩行困難になり襁褓生活になると、排泄物の始末の面倒を考へてか食べたいものも食べさせず、點滴や胃瘻になることを勸めてゐる所が尠くないやうにも見えます。人間が生物體である以上、食物を攝取し糞尿を排泄するのは自然なこと。排泄が美しいとまで申すつもりはありませんが、排泄が人間にとつて當然であり自然なことだといふ認識は人類共通のものとしたいものです。この排泄の重要さを徹底させるための排泄學・排泄醫學——それも老人のためだけでなく、むしろ壯年や若者に向けた排泄學・排泄醫學の確立を提唱して、私の拙い話を終はりたく存じます。

ご清聽、ありがたうございました。

著者略歴

高橋睦郎（たかはし　むつを）

一九三七年、福岡縣八幡市（現北九州市）生まれ。福岡教育大學國語國文學專攻。卒業後、上京して廣く學藝の諸先輩に學ぶ。少年時代から自由詩、短歌、俳句、散文を竝行して制作。小說、オペラ臺本、新作能、新作狂言、新作淨瑠璃などを加へつつ、現在に至る。近年は古典文藝・傳統藝能の讀み直しを續けてゐる。歌集に『道饗』『稽古飲食』『爾比麻久良』『虛音集』『待たな終末』など。その他、詩集三十一册、句集九册など著書多數。一九八八年、句歌集『稽古飲食』で讀賣文學賞、詩集『兎の庭』で高見順賞受賞。一九九六年、詩集『姉の島』で詩歌文學館賞受賞。二〇〇〇年、紫綬褒章受章。二〇一七年、句集『十年』で蛇笏賞、俳句四季大賞受賞。同年、文化功勞者、日本藝術院會員。二〇二二年、詩集『深きより　二十七の聲』で毎日藝術賞受賞。

歌集　狂《くる》はば如何《いか》に

初版発行　2022年10月11日

著　者　高橋睦郎
発行者　石川一郎
発　行　公益財団法人　角川文化振興財団
〒359-0023　埼玉県所沢市東所沢和田3-31-3
ところざわサクラタウン 角川武蔵野ミュージアム
電話 050-1742-0634
https://www.kadokawa-zaidan.or.jp/
発　売　株式会社　KADOKAWA
〒102-8177　東京都千代田区富士見2-13-3
電話 0570-002-301（ナビダイヤル）
https://www.kadokawa.co.jp/
印刷製本　中央精版印刷株式会社
 ISBN978-4-04-884496-3 C0092